句集 ジュークボックスよりタンゴ

池谷秀子

本阿弥書店

序

　第二十八回俳壇賞を受賞してから五年。「青垣」の仲間の池谷秀子さんがようやく第一句集を出すこととなった。じっくりと熟成させた秀子さんの詩の世界が、こうして広く読まれる機会が得られたことを大いに喜んでいる。

　秀子さんの句歴は一般とは少し違っている。スタートは高校の同窓会だったのだ。長崎県立長崎南高校の近畿在住の卒業生は毎年集いを持っている。ある年の集いで、先輩の松永典子さんが俳句をしようよと呼びかけた。数人の仲間とともに秀子さんは反応し、「探鳥句会」が生まれた。長崎弁が飛び交う愉しい句会。同窓会気分プラス知的好奇心を充たす場として今も続いている。句会が生まれて一、二年後、私は松永さんに声を掛けられた。松永さんとはかつて「沖」の句会で席を並べていた間柄。句会が愉しいだけで流されてしまうのは惜しいので、基礎を教えてほしいということだった。以来、同窓生ではない私が月に一度句会に出かけることとなり、句会のメンバーは二〇〇七年に私が創刊した「青垣」に参加する。勉強熱心な秀子さんは先人の句集に親しみ、また、他の句会にも積極的に参加し、次々と佳句をものにするようになる。そして俳壇賞を受賞するまでの俳人となった。

句集に収めたのは「青垣」創刊後の句のみ。それ以前の句を潔く捨てているので、巻頭から佳句が並ぶ。

私 に は 生 え な い し つ ぽ 東風（あゆのかぜ）　Ⅰ

ちょっと強めの春風が吹いて暖かい。尻尾の名残のある辺りがむずむずしてきた。でも、人間に進化した私には尻尾は生えない。万葉集にも出ている古風な季語とのバランスが面白い句になっている。このような秀子さんならではの感覚を生かした個性的な表現は他の句にも見られる。

噴 水 に 息 を 合 は せ て ゐ て 歯 痛　Ⅰ

耳底に蚊の羽音ため老いゆくか　Ⅰ
ストールも猫もするりと落ちたがる　Ⅰ
白息やどうとマンモス倒れたか　Ⅱ
囀を零して塔はのつぽの木　Ⅲ
粉つぽい夕日差し込む風邪心地　Ⅲ
月さして赤ん坊には浮く力　Ⅳ
山茶花が咲くから遅刻してしまふ　Ⅴ
意地悪な目をしてふはふはの兎　Ⅴ
春待つや紙石鹼は詩のにほひ　Ⅵ

不思議な句ばかりだ。噴水の穂の上げ下げをじっと見つめていて突然歯が痛むなんて。白息とマンモスはいったいどんな関係なのか。遅刻を山茶花の所為にしていいのか。どれも私には作れない句なのだが、それだから魅力がある。どんな発想をしているのかと秀子さんの頭の中を探ってみたいと思ったとき、もう秀子ワールドの中に踏み込んでしまっている。

水温む跳ぬる形の感嘆符　Ⅰ
登高や空は吸取紙のごと　Ⅰ
模造紙のやうな明るさ風花す　Ⅱ
木を植うるやうに金魚の墓増えて　Ⅱ
ブルースのやうに萎れて夜の薔薇　Ⅲ
秋の蝶古きフィルムのごと飛んで　Ⅲ
隣人のごとポスト立つ小六月　Ⅳ
春ショール畳みてひよこほどの嵩　Ⅴ

比喩の句も目立つ。俳句ではとても威力のある修辞だからピシッと決まれば心地よい。ありふれた喩では論外だが、読者にこんな表現があるのかと思わせたら成功だ。風花が落ちてくる空を模造紙の明るさと言い、ポストが隣人のように親しい存在であると詠む。驚きつつも納得させてくれる。

他にも気づくことがある。御両親を詠んだ句の多さだ。数えてはいないが、相当ある。どの章にも入っているのではないだろうか。

月光に立て掛けてあり父の杖　Ⅰ

とことはの父のうた寝冬日向　Ⅰ

父の忌の山茶花の白洗ひたて　Ⅱ

花韮や毎日母に朝が来て　Ⅳ

母と聴く年寄りの日の雨の音　Ⅴ

もう一度母が華やぐ盆提灯　Ⅵ

三句ずつ採りあげた。父上、そして母上の順に亡くなられている。高齢となり、身体がだんだん弱ってきて、秀子さんが実家の長崎に帰る回数が増えてくるのを近くで見てきた。娘にこのような句を詠んでもらい、御両親はきっと喜ばれていることだろう。私の場合はどちらの臨終にも間に合わなかったので、これらの御両親に寄り添った句がとても眩しいのだ。また、被爆地・長崎市に生まれた者として、次のような原爆忌の句を欠かさず詠んでいることも記しておきたい。

空壜に汲む山の水長崎忌　Ⅱ

八月九日死者も生者も立ち尽くす　Ⅴ

これまで句の傾向に着目して採りあげてきたが、触れたい句はまだまだ多くある。私の特に好きな句を章ごとに抽出したい。

囀や五十音図を壁に貼り　Ⅰ

田の水の沸きて神々多産系　Ⅰ

妹がいつか友だち赤のまま　Ⅰ

雪解けやまだ名を持たぬ赤ん坊　Ⅱ

星飛ぶやダンクシュートを三度決め　Ⅱ

椅子一つ置いて枯野の広がりぬ　Ⅱ

台風過匂ひたつまで菜を刻み　Ⅲ
森の樹でありし仏像雪こんこん　Ⅲ
寒いからいくつもジャムの瓶並べ　Ⅲ
燕来てステップ高き消防車　Ⅳ
先生はチョークのにほひ冬日向　Ⅳ
ごつごつと当たるリュックの夏蜜柑　Ⅳ
昆布出汁の金に澄みたる寒の入　Ⅴ
保父さんをよぢ登る子ら春よ来い　Ⅴ
荒神輿来る道幅を押し広げ　Ⅴ
ゆつくりと懐く子供や水温む　Ⅵ
幸せや鍋の白菜煮崩れて　Ⅵ
薄焼きの玉子の穴や春待つ日　Ⅵ

どの句も句会で感心したものばかりだ。「田の水の」は、神まではなんなく出てくるだろうが、「多産系」には驚いた。太初のエネルギーが満ちていて、必ず豊作になると思わせる。「星飛ぶや」は、およそ本人のイメージからは遠い景。でも格好いい。この力強さは憧れなのだろうか。「保父さん」は、俳壇賞受賞作のタイトルになった句。保母よりも保父がよく、「よぢ登る」の園児の元気さ、保父を信頼している姿が微笑ましい。「ゆつくりと懐く」はとても好きな句。子供と触れ合う機会があまりなかった私には羨ましい句だ。

秀子さんの人生は、十年ごとに熱中するものが変わったと聞く。しかし、俳句はもう十八年。よほど相性がいいのだろう。第一句集を出したことで秀子さんの俳歴は一区切りだが、これからも生ある限り俳句との付き合いは続くはず。人間は日々少しずつ変わるから、俳句もこれまでとは違う作品が生まれるに違いない。どんな内容、表現で驚かせてくれるのかを楽しみにしつつ、筆を擱きたい。

二〇一八年六月

「青垣」代表　大島　雄作

句集　ジュークボックスよりタンゴ＊目次

序　大島雄作……1
Ⅰ　２００６～２００８年……13
Ⅱ　２００９～２０１０年……47
Ⅲ　２０１１～２０１２年……79
Ⅳ　２０１３～２０１４年……111
Ⅴ　２０１５～２０１６年……135
Ⅵ　２０１７～２０１８年……181
あとがき……212

装幀　花山周子

句集　ジュークボックスよりタンゴ

I

2006〜2008年

私には生えないしつぽ東風(あゆのかぜ)

清明や貝の吐きたる砂少し

方舟も山鳩の巣も混み合へり

山独活や朝市の空ぬれてゐて

水温む跳ぬる形の感嘆符

夜のぶらんこ谷底にゐるやうな

春風や旅行鞄の角磨れて

囀や五十音図を壁に貼り

初夏や眉間に旋毛ある仔牛

花うつぎ魚籠より滴こぼしつつ

荒梅雨や神経質な鳥を飼ひ

麦の秋胸を濡らして飲む真水

熟睡子やぽかんと泰山木開き

田の水の沸きて神々多産系

使つても減らない時間草いきれ

緑蔭を出でて糖蜜色の空

大粒の雨となりけり簟

噴水に息を合はせてゐて歯痛

一枚の水に戻りぬ夜のプール

虫食ひの高層の灯や夏了る

丁寧に耳を拭ひぬ今朝の秋

藁塚のにほひ星空観察会

登高や空は吸取紙のごと

二百十日使ひ古しの鍋磨き

檸檬切る朝の食器のどれも白

星飛ぶや身に痛点の散らばつて

流星や結ふには足らぬ髪の丈

顔ぢゆうで笑ふ赤ちやん草の絮

妹がいつか友だち赤のまま

仏壇の中が窮屈豊の秋

梟や刺繡の下絵にじみたる

枳殻の棘の乾いて初氷

白毛布子供は手から眠くなり

冬ざれや蠟石でかく北斗星

雛の夜や古き鏡は沼の色

あたたかや灰となるにはよき日和

木の芽風巣箱に一つづつの窓

初燕率ゐてバイク便来たり

初恋やキャベツは水の玉を抱き

初夏や土の器は水を吸ひ

潮鳴やラムネの瓶のうすみどり

ふるさとの夜空は青し蚊遣焚く

貝風鈴今にも雨の降りさうな

耳底に蚊の羽音ため老いゆくか

何もせぬうちに日暮や水を打つ

花火の夜蛇口の水のほの甘し

丁寧に髭をそる父風祭

虫の夜の二つ並べて置く木椅子

月光に立て掛けてあり父の杖

スカートにポケットの欲し木の実降る

昼の虫家族の数の傘干して

切株に湿り気ほのと秋の蝶

口中に鋼のにほひ稲光

蛇穴に我は枕にこだはりぬ

草の花しやがめば人を待つ気分

通草の実青きは空に置いてくる

着ぶくれて身体迷子になりさうな

牡蠣啜る死んでもびつくりされぬ齢

ストールも猫もするりと落ちたがる

老人と冬の日同じ匂ひせり

とことはの父のうたた寝冬日向

Ⅱ

2009〜2010年

日の丸の正しき折り目初雀

省略のきはみ校舎も裸木も

模造紙のやうな明るさ風花す

草枯れてオルガンの息深々と

春隣貝の形のしゃぼん買ひ

雪解けやまだ名を持たぬ赤ん坊

桜貝さくらの色のまま古りぬ

亡き人の日々若返る春の霜

のどけしや麒麟は足に運ばれて

物置の古き空気や花疲れ

草よりも土柔らかし揚雲雀

リラ咲いて手より小さなハーモニカ

太古より待ち草臥れて山椒魚

風鈴を吊つて薄倖さうな路地

夕立を弾いてゼブラゾーンの白
石段は父を待つ場所夕焼空

富士山が在るはずの空朴の花

バナナ食べもつとさびしくなるゴリラ

熱帯夜ダーツの的の傷だらけ

土の道草の道へと夏帽子

秋澄むや巻貝の中明るくて

木の実降る夜や落書きの家に窓

切株はゆつくり朽ちて虫時雨

星飛ぶやダンクシュートを三度決め

手の窪のやうな山間(やまあひ)蕎麦の花

秋夕焼土のにほひの子供たち

父の忌の山茶花の白洗ひたて

誰を待つわけでもなくて焚火番

湖はパラフィンの色雪来るか

内側に開く扉や雪しんしん

梅ましろ木椅子の脚の石噛みて
八重桜子どもの影はふつくらと

つばくろの空や屋上遊園地

発条(ぜんまい)の切れて眠る子苜蓿

たんぽぽの絮飛ぶ新聞休刊日

広口の壜に魚飼ふ夏はじめ

白南風やジープは馬の背の高さ

黒南風やジュークボックスよりタンゴ

薔薇の香の少し眠たき叔母の家

精霊は犬にだけ見え山開

感性に梅花藻の水注ぎたし

木を植うるやうに金魚の墓増えて

黒揚羽ゆるく空気を掻きまぜて
ダリア咲く子供はいつも喉渇き

ごりごりと岩塩挽いて朝曇

日食や蘭鋳の尾の一揺らぎ

水筒の生ぬるき水花カンナ

踊るのは誰月光の石舞台

梨食むや窓は夜空を切り取りて

厚紙の星座盤古り虫の声

木犀や暇をつぶすといふ仕事

途中より虫聴く会となりにけり

ひらひらと水を飲む猫野分後

空壜に汲む山の水長崎忌

眩しくて船の名読めず水仙花

水鳥や剝製よりも少し地味

白息やどうとマンモス倒れたか

椅子一つ置いて枯野の広がりぬ

Ⅲ

2011〜2012年

スポイトの試薬一滴寒の明

枯蓮や割れた鏡のやうな水

跳ねながら水音生まれ春隣

春近し水の裏側日を溜めて

パイプ椅子二つ鶯鑑賞会

囀を零して塔はのつぽの木

一枚の夜空となりぬ初蛙

弁当の中の明るし春の山

讃ふべき山河傷つき卒業歌

煙突にはしご春月とりに行こ

麦青む山も私も背伸びして

朝桜富士は連なる山持たず

雨の日の港明るし更衣

麦秋や舌に儚き砂糖菓子

くねるたび川は肥りて夏の草

蚊遣火や日のあるうちに夕餉終へ

はんざきは何度訪ねてみても留守

ブルースのやうに萎れて夜の薔薇

トラックの影より揚羽蝶ゆらり

夏惜しむ直線裁ちの更紗着て

星飛んで沢田研二の泣き黒子

人形は体温持たず秋の夜

老人の連れは老人茸山

土深く塔は根を張り豊の秋

坂道は海へ集まり秋の暮

免許証の印字擦り減り雁渡し

鴨食べて分厚き舌となりにけり

秋の蝶古きフィルムのごと飛んで

拳玉に三枚の皿寒日和

卓上の手袋握手してをりぬ

紙のごと空は乾きて帰り花

粉つぽい夕日差し込む風邪心地

湯気立てて薬ぶくろに詩の欠片

夜届く雪のにほひの宅急便

水に降る雪や岸辺の犬の墓

人嫌ひポインセチアの鉢並べ

産声を待てば春雷咲くやうに

木の芽雨ふつくらと湯の沸きあがり

つばめつばめ鉄橋に錆浮き上がり
すかすかの軽石の孔あたたかし

狛犬の妙に足長夏に入る

洗ひ場に砂うつすらと夏はじめ

押入れの空気ひんやり緑の夜

てきてきと新茶のしづく雨籠

私より未来のある木薄暑光

朝ぐもり檻のゴリラの呼吸音

色褪めぬままに古りゆく水中花

思ひ出は散らばりやすし貝風鈴

台風過ひたつまで菜を刻み

表札は最後に外す夕焼雲

草のやうに無口な人と盆の月

赤んぼを載せて月夜の台秤

本に帯私に秋思張り付いて

いちじくを甘く煮詰めてさみしき日

秋高し輪投げの棒のやうな塔

木枯や積み木の家はシンメトリー

森の樹でありし仏像雪こんこん

校庭に山の影伸び冬休み

寒いからいくつもジャムの瓶並べ

あるだけの布団を干して山の宿

Ⅳ

2013〜2014年

寒晴や老いの始めのおもしろく

植木鉢重ねて伏せて春待つ日

立春と大きく母の忘備録

宇宙酔ひしたる心地や野火走る

地下道の空気重たし花の夜

他人事のやうな履歴書花の後

ひばりひばり空の天井突き抜けよ

燕来てステップ高き消防車

老ゆること習ふ粽を結ひながら

南風吹き猫はほつつき歩きたい

花韮や毎日母に朝が来て

襖絵の波の音聴く涼しさよ

山の宿泳ぐ形に鮎焼いて

噴水の上の空気の固さうな

蝙蝠が飛ぶよ門限破らうよ

刈上げの子を先頭に捕虫網

骨相の卑しからずよ破蓮

泥水の跡のくつきり葛の花

月さして赤ん坊には浮く力

隣人のごとポスト立つ小六月

毛糸編む星の寿命を思ひつつ

先生はチョークのにほひ冬日向

客間には火の気のなくて水仙花

翼張る金の折鶴寒波来る

マント着て魔法使ひになりたい子

ぺらぺらの朝月残る冬菜畑

木のベンチ石のベンチや百千鳥

春眠し一筆書きのやうな象

梅本豹太さんを偲ぶ

春風や塀の穴よりゆかれしか

ミモザ咲き鳥の形のドアチャイム

混み合つて育つさびしさ蝌蚪の水

抱卵期ポストは手紙呑み込んで

老犬に届く賞状あたたかし

夏めくや水を積み込む消防車

ごつごつと当たるリュックの夏蜜柑

秋澄みて富士は見上ぐるための山

次々と飛んでいく雲藁ぼつち

林檎そのおほかたは水少し風

吾亦紅歩く速さで日が暮れて

検査着をはみ出す手足そぞろ寒

素通しの原爆ドーム小鳥来よ

雁渡し父の写真はもう増えず

海渡る橋に繋ぎ目去年今年

V

凧揚や全身で聴く風の音

初鏡まづは朝日を映し込み

美しく畝立ててありお正月

昆布出汁の金に澄みたる寒の入

冬晴や広場は空の箱に似て

風花や空のプールの底に砂

スコップの突き立ちしまま冬菜畑

工房はヒッコリーの香雪が降る

冬ざれや蛇口の水に影一本

山茶花が咲くから遅刻してしまふ

イヤホンに左右の印春隣

保父さんをよぢ登る子ら春よ来い

春めくやアンツーカーの煉瓦色

老梅が人間のごと立つてゐる

時計より小人七人出でて春

陶片の藍の花びら鳥の恋

零しつつ運ぶ湧き水山桜

若冲の象の尾長し春眠し

どこにでも寝ころぶ子供草青む

花は葉にデッキブラシの水を切り

水無月や青い魚に塩振れば

熱帯夜溜息ほどの風吹いて

街灼けて耳に大きな土耳古石

プールサイドにいろいろな土不踏

噴水の音に隙間のなかりけり

遠雷やゆつくりひらく紅茶の葉

ヴィーナスは貝より生まれ南風
泰山木咲きぬ呪縛の解けしごと

一膳のご飯を温め原爆忌

八月九日死者も生者も立ち尽くす

校庭の空の鳥小屋原爆忌

ちりちりと瓦は乾き終戦日

虫の夜や残す写真を選り分けて

ままごとのやうな仏壇菊日和

青九谷沈め秋水澄みにけり

立冬やメタセコイアの刺さる空

終電の窓の遠火事誰も見ず

スケートの子供綺麗な息吐いて

意地悪な目をしてふはふはの兎

冬たんぽぽ野面は光蓄へて

花咲いて町に隙間のなくなりぬ

囀や馬の鬣編み込んで

ふつくらと帯を結べば春の雪

雛出すや会はねば縁淡くなり

声出して読みたき絵本水温む

靴紐の解けやすくて蝶の昼

春ショール畳みてひよこほどの嵩

啓蟄や底のぬけたる金盥

春眠に落ちてアリスの穴の中

あたたかや埴輪は欠片継ぎ合はせ

エアバスのふはりと着地草青む

象洗ふ弥生の水を束にして

ぐづぐづに弛む包帯蝶の昼

新緑や水の重さの手漉き紙

麦秋や写真の祖父の髭怖し

ソーダ水飲んで若さを無駄遣ひ

子育ての日々の遠しよ蟬の穴

夏至の夜のもつとも遠き足の指

かはほりや水で薄めたやうな空

涼しさを掃き寄せてゐる竹箒

夕涼し抽斗一つ空にして

荒神輿来る道幅を押し広げ

空を見て食べる弁当麦の秋

白日傘あひるのやうに子を連れて

一息に剝がすシーツや蟬時雨

夕暮れの坂の明るしパナマ帽

人の背にかすも空蟬にスリット

眠る子の髪の湿り気桃熟れて

梨食べてぱきんと割れたやうな月

退職の日の無花果の生温し

草の穂や老後のための本の山

爽涼や重ねて落とすパンの耳

二百十日蛇口より水迸り

こぼれ萩誰かがここにゐた気配

もう何も吐かぬ煙突鳥渡る

母と聴く年寄りの日の雨の音

木の家の影ふつくらと秋の蝶

月代や本屋は紙と木のにほひ

白線を地に引く仕事鳥渡る

鳳仙花はぜてもの炊くにほひかな

粒胡椒かりと嚙み当て今朝の冬

制服の襞の折山冬始め

消えさうな母の匂ひの布団干す

星冴ゆる生まれ変はれるなら少年

冬の夜のあけゆく母の呼気吸気

焼骨台なかなか冷めず室の花

Ⅵ

2017～2018年

半分に月はちぎれて寒施行

ごみ箱を洗つて干して日脚伸ぶ

如月や水族館の水の壁

梅真白つめたき石に腰かけて

梅真白冴を返しさうな空

ゆつくりと懐く子供や水温む

春雪や濯いで返す牛乳瓶

涅槃会の驚きやすき魚群かな

ゴムの葉にゴムの葉の影日永し

我が影の縁のあいまい地虫出づ

椅子乗せて運ぶ机や百千鳥

指笛に子を呼び集め木の芽山

チューリップぱらり電源落ちたやう

植木鉢の底より鬚根風光る

鍵盤の跳ねたがる指夏はじめ

いつか樹となりたき身体南風

草笛やハックルベリーフィンはどこ

少しづつみんなが歪み金魚玉

麦秋や埴輪は肩に小鳥乗せ

本買へばまづ名を記し夏休み

百合匂ふ斎場の戸の開くたび
火膨れは梯梧の花に触れたから

レコードの傷の土砂降り巴里祭

口紅は鳩の血の色巴里祭

赤ん坊の息ほどの皺植田澄む

風鈴や一人の時の少し増え

指切といふさびしさよ涼しさよ

涼風や子の前髪を切り揃へ

投網めく大屋根神戸港は夏

朝涼や和紙に草の葉漉き込まれ

スカートの襞より蛍零れけり

泉への心もとなき手書き地図

眠たさの引いては寄せて蟬時雨

海酸漿鳴らしていつまでも日暮

音楽の沁み込んでゐる髪洗ふ

日傘差し夢二のをんなにもなれる

新涼や家具屋の奥の鏡の間

原爆忌ダリの時計は木に干され

月光の抱き上ぐるには重きチェロ

秋風や引き戸は砂を噛んでゐる

トランクの底に風入れ金木犀

草の市風に音立つものの並べ

銀漢や石棺の蓋割れてゐる

秋燕や水で清むる魚市場

鳳仙花咲いて日暮れの明るくて

もう一度母が華やぐ盆提灯

虫の夜や書き癖著き父のペン

秋冷や瘡蓋剝がすごとき雨

十三夜本に煙草の香の染みて
目玉焼の塩がきらきら今朝の冬

鉛筆の母の字薄る茶が咲いて

幸せや鍋の白菜煮崩れて

小春日や楽器ケースの上に猫

墨磨れば空気の動く冬座敷

薄焼きの玉子の穴や春待つ日

春待つや紙石鹸は詩のにほひ

置炬燵夫も私も少し古り

あとがき

俳句を始めた頃、句集を作るのが夢だという仲間の言葉を聞いてびっくりした覚えがある。その頃の私は、作ってしまった俳句には興味がなく、これから作る句のことばかりを考えていたから、句を纏めて発表しようなんて気持ちは全くなかった。せっせと句を作り、いつも次の句会が楽しみだった。

未発表の句が溜まるので、年中行事のように応募していて、運よく第二十八回俳壇賞を頂くことができた。まだ元気だった母が喜び、いろんな人に自慢しているのが嬉しかったのだが、その時の選者で、私の受賞を一番押してくださった冨士眞奈美さんが「これからは、俳句を楽しんでください」とおっしゃったことに少し引っ掛かった。もう伸び代はありませんよ、と言われたように受け止めてしまったのだ。それが胸の奥にしーんと棲みついてしまった。

ところが、今回、句集を作ろうと思い立ち、「青垣」0号から44号まで十二年間の句を纏めてみて、眞奈美さんの鋭さが改めて納得できた。あの言葉は否定的な意味で使われたのではないことにも気付いた。受賞すると違う景色が見えてくる、とはよく聞くことだが、私の場合それは句集を編むことだったような気がする。

とは言いながら、これからも四六時中言葉を探しまわり、世の中から少し浮いているおばあさんになるのだろうと自覚している。

最後になったが、導いてくださり、収録句の選もしていただいた「青垣」の大島雄作代表、俳句の世界に誘ってくださった松永典子さん、そして、俳句仲間のみなさん、ほんとうにありがとうございました。これからも共に歩いていけますようにと、心から願っています。

平成三十年四月

池谷　秀子

著者略歴

池谷秀子（いけや・ひでこ）

昭和24年　長崎市生まれ
平成12年　高校の同窓会の「探鳥句会」で俳句を始める
平成19年　「青垣」創刊時に入会
平成25年　第28回俳壇賞受賞
現代俳句協会会員
俳人協会会員

現住所
〒658-0022　兵庫県神戸市東灘区深江南町1-1-54-105

句集　ジュークボックスよりタンゴ

2018年7月30日　発行

定　価：本体2800円（税別）

著　者　池谷秀子

発行者　奥田洋子

発行所　本阿弥（ほんあみ）書店

東京都千代田区神田猿楽町2-1-8　三恵ビル　〒101-0064
電話　03(3294)7068(代)　振替　00100-5-164430

印刷・製本　三和印刷

ISBN 978-4-7768-1379-8 (3095)　Printed in Japan